U0114156

人间任天真

蔡皋 著

CTS
湖南文艺
出版社

大地上
的书写

我一路来喜欢种点什么东西，这种爱好可以说是十几年乡村生活调教出来的。种植的方法五花八门，土法上马，以感觉到绿色的气息为好。

一路来我还喜欢画画，我的画和那些植物一样，也是土法上马，利用空闲弄出来的。当植物的呼吸与画的气息有了相互的渗透，显示出从平凡中长出来的美丽时，我就觉得很幸福。

几十户人家共一个屋顶，一个做成了植物园的屋顶，自然就生出杂七杂八的琐事，把零星琐事写出来，事实上不过是同别人也同自己聊天的意思。语言和文字都是鸟雀一类的东西，再灵巧可爱不过，愿借助它们搭起跳板，让我们彼此走近。

记，有心记和笔记。我不惯用电子设备，要想记，还是请笔来记。心中的记忆来得更真切，如无声电影，只有自己的心语为它们添上画外音。

即便如此，要及时搜索某事，亦不易得，仿佛忘光光。偶然遇到某事、某景、某物、某文字，就会勾起来，发现并没忘记，只是需要相关链接提搂起来，所以还是尽可能多写几行字，以作链条之用。

二十二岁的我去太湖任教时，没有与什么人话别，淦田的火车站是京广线上的小小的站，只有慢车通过，一天一次。淦田是县里的一个区，车站就在淦田区的小镇上。

从镇火车站去太湖，其间有二十多里路。第一次走这么远的路，并且背着自己那点行李，好像把生活翻了篇，那一面是"生"，翻过来即是"活"。

活，很作实，就像脚踩在田里这种实，鼻子里闻到泥巴气和禾穗气这种实。而生是有理想牵引的生。

走在乡间的土路上，两路青山相迎，就想起"检校长身十万松"这样的句子，想起"万象为宾客"，自己亦是这飘摇逆旅中的人客。

人的感觉嘛，就像天空中的云。没有风来吹它，云层厚积。厚积久了，总会变雨。雨一落，天空就松动了。

人的心情跟脚下的小路起起落落，大路换成小路，小路变得亲切，大路说："你来啦！"声音很硬朗。小路却在你脚后跟绕，嘻里哈啦，叽里呱啦，听不明白，但却声音柔和。

我喜欢走路，这路总会赠人一路新鲜，因为四季的乡村总有新鲜，路看我应也新鲜，年轻的总有新鲜。

小路引我到了我将在此度过六年
时光的太湖学校。

太湖学校是一所寺院改成的学校,"太湖学校"这名
字当地人不惯用,他们总说"开历寺",开历寺历史
悠久,寺院规模不算小,学校有福气设在寺院,完
全是弯曲时光中弯曲的空间存在。

寺冲就是山围住的一个谷地，但凡有谷地就有田亩和人家。每户人家的屋场都傍着山，留有晒谷坪，晒谷坪前都有土，用来种菜。屋后有山，山是公家的，但公家山地与私人房屋交界处会允许私人种植，那种地方叫做"衣领围子"，很形象。

寺冲的得名因为开历寺，开历寺的钟响了六个朝代，寺冲的人也蒙恩，林场场部、公社学校、卫生站、知青点、寺冲，俨然有了一个氛围而变得可爱。

寺冲的冬天是有味的。

雪下起来，地面整洁，

雀子在禾塘觅食，醒目而有趣。

雪总是夜间紧，一觉醒来，窗纸雪白，空气清冷，开门出户，周遭是银白耀眼的世间。谁这么早在雪地里留下第一行脚印的？这脚印好看至极，像在白面上压出的印纹一样绵软。再踩上却缩回脚来，生怕破坏了这种美丽孤寂的印痕。"人迹板桥霜"的意境也是这样的吧。

雪飞起来的时候，女孩子跳绳，踢毽子。男孩子们就"撞油"。撞油即几个人一个个在墙头挤，挤挤撞撞就挤出热来了，好像是从油榨房里得来的灵感。

我什么课都上过，除开体育课。我当过班主任，上过算术课、语文课、音乐课，还上过英语课，像万金油，所有的课上起来都不如当一个班主任那么累，而所有的累都抵不过和学生的感情。

当年每个人冬天会发一些白炭，一个烘笼，一盏煤油灯。在灯下会有备不完的课和改不完的作业，但也会在灯下读书解惑，也会围在一堆烤白炭火。有一次同数学老师刘叙等人讲《战争与和平》，讲《多雪的冬天》。

冬天的休息日会分享好书，
分享一盆炭火的暖意。

做家访，如在冬天，进屋就请老师吃热茶，热茶从瓦壶或者吊壶中倒出来，比从热水壶中倒出来好，好在热和，还有柴火气。因为瓦壶瓦罐是煨在火塘旁边或吊在灶头的蔸子火上的。火塘有味，烤蔸子火更有味。

蔸子火，我疑心应是“蔸”字，
从前一直是“堆”，太湖方言，
“蔸”的发音就是“堆”，火并不
是堆出一个形来烤，而是一个燃

不出明火的树蔸根。树蔸根经烧，
烧得烟直咯拱*，既取暖又可以把
鱼、肉吊在上头熏成腊味。

烟气就是热气，可以直观地
看它满屋子跑，不只熏黑腊
鱼腊肉，同时也把烤火的人
熏成一个烟火气十足的人。

雪来真好，雪来的时候，人间物事有蒸腾的烟火气。

* 编者注：为更好呈现作者的语言文字风貌，文章中的方言用词以及笔记原图中的繁体字均予以保留。

学生会拎几个红薯、几粒茶泡子给我。红薯是自己从屋里挑出几个成串的来，茶泡子则是上学经过茶山时从树上剥来的。茶泡子像糯米炸后的样子，雪白清甜，脆生生。

春天映山红开的时候，我的房子里窗口边总有一瓶映山红插着，有时会有一碗乌泡子，还有桑葚、鬼爪子一类，我的学生，我现在想起他们来，定格在一张张可爱的脸上，不知这一张张脸现在变成了什么模样……

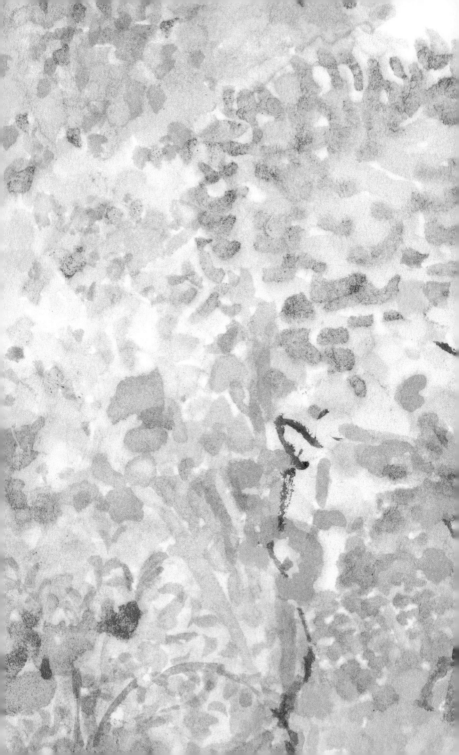

学校砌教室的时间也会和当地人一样选择在农闲。秋收之后，十月小阳春之前之后都为砌屋的好时候。砌教舍，队上要支持，派来泥木工。其余小工的事则由教师来做。

好，小工做什么？小工就是担砖、担沙土、运瓦、担土方一干事情。砌屋的砖为土砖，取田泥做好，放在田头干上一年。我们小工先要担到屋基边来。好重，女人一般只担四颗，四颗有好几十斤重，担八颗的是全劳力。瓦也是要从窑里担回来，也用土车打。一路要歇气很多次才能担回来，人要累蠢，到底不是好劳力嘛。

做小工记忆里最深的是被牛虻叮。校长亲自用牛踩泥浆，牛是一条队上的大水牛，少不了有"牛咬蚊子"，太湖话就这说的，应当说是咬牛的蚊子，牛虻。天，牛虻很大很毒，校长刘春甫用牛时被牛虻叮出几个包子，我的鼻梁上也挨了一叮。不好，当下就肿，第二天早晨起来更加厉害，肿平眼了，鼻梁都没有了，眼镜戴不住了。怎么办？眼睛只有两条缝了，学生会笑死的。

果然，一进教室，全班学生哈哈大笑，大笑之后发现不该笑，又都缩了声。结果跑卫生院，打一针消肿。

新教室盖好了，新茅司也盖好了，洗澡屋也有了。看着留下印记的物事，忽然发现了生活另外的质地，辛苦劳累之中苦乐相伴互为经纬的家织布，有不可以替代的厚实和绵软的质地。

回想起读师范的时候校长罗三德先生的问话来，其时他在我的右侧，一边插秧一边问：蔡皋，你说插秧和写文章哪样容易些？当时我想回答却又不好回答的是：当然写文章容易些。

现在我不那么想了。因为各有各难，各有各快，各有各好。关键你要吃得苦，懂得在苦中提取甜来。很多的考试不会停留在纸头笔下，很多的心得并不是靠大脑思索得来。

插田是人的另类书写，在大地上的书写。有的人会认为，在大地的书写才是真的书写。"一年一度春风来，春风翻开一页，又翻开一页，请我们着笔"，当年的人就这么想。

开历寺有古树，我寝室门前的天
井里就有一株梨树，每年的春天
会开出一树洁白的梨花。

看到它如此安静地开花，并不准
备结果的样子，总是有一种怜惜，
究竟在什么情形下，借哪一位高
僧的手，它得到了一处自在？

春天来得早，春天田野里种的草
籽花开真是好得无法描绘。

冷绿和冷紫相激的色彩，一直染一直染，
沿着小路向东一直走，走过茶亭，越走越
亮，越走越宽。两山在路两边长廊一样送
迎，傍山凹处凸处屋舍俨然，草籽花的香
就一垄一垄接着香，香到天边。

茶亭有茶桶，桶有水缸那么大，里面总有老木叶泡的茶汤。桶边有竹筒几个，有水桶有水供你洗茶筒。

亭有歇息处，是美人靠的形制，简陋但扎实，人坐在那儿歇脚，喝茶、听水响鸟叫，仿佛坐到了远古。

现在，离我在太湖的年月三十多年过去，寺院改造的学堂旧物全都隐到了时间的深处，包括我们这些曾经伴她生活过的人的时光。

一个人的笔，一根不成用的竹竿能打捞多少记忆呢？那些鲜活的东西多么真实地存在过，然而又颓然虚幻，人永远面对真实的虚幻和虚幻的真实。

人一边想，笔一边跟，怎么跟都不能如实烘托出"从前"那空蒙月色之下的乡村、学校与生活。

我究竟是爱那"有"和"有过"的。

往昔之味是干花干草的味，黑白
电影的味。看电影是看别人表演，
回忆中所有的人物和故事一一定
格在当时的环境中，没有几个人
物能在各个故事中走动。

即使有，前头的总会退到背景的部分
中去，像一碗茶，搅动茶汤的时候，
沉在下面的叶子会浮到上面来一小会
儿，但还是要沉下去。

生活的长卷在脚下延伸，你不可以信有大笔一
挥而就的效果，你得与你的生活恋爱，与你的
纸、你的笔、你的调色盒轰轰烈烈或是平淡如
水地去爱，你的笔、你的纸、你的颜色才会在
碰闯中找到感觉。

我不知不觉已满了六十八岁，书写这个数字的时候，心里觉得很无奈，怎么这么快咧，我怎么就没有那种"老"的概念呢？人肯定感受不到时光对人的改变的方式和速度的，要是能感受，那还得了。这是时光的慈悲，时光让人无知觉地在一种不变的感知中改变了。

写到这里，天色转青，马路上车辆驰过的声音如同潮水。人在行进的时间中感觉时间，如坐车人看窗外风景，几十年的时光从窗口掠过，掠过，你注视着，爱着，感受着时光的触摸。

啊，时光……亲爱的时光，新年的好时光，我要怎样才能对得起你？想时光里"时"字跟一个"光"字，一下就有了速度。光不仅有速度而且还可以弯曲，书里面讲黑暗中人打开手电筒将一束光打到夜空中去，若干年后又在某时回到这原来的地方。不知道有没有人去收他某年月里打出去的光束。

人喜欢展望，还喜欢回顾，一段光阴一段光阴，早上中午、下午傍晚，光阴的投影变长变短变长，人看自己经历如同看风景，角度一变，总是看出变化和好处。

这变化和好处在当下的味道与回味大不一样。当下之味真是新色之味，每天的必做之事，平常衣食起居，油盐酱醋，实在不是什么新鲜事，但人总是觉得新，新米饭，新鲜茶，新日头，新雨水，样样新，日日新。

此文写于 2015 年春，节选以为序。

目 录

一朵花开
整个宇宙也随之产生

一　惹了春天

万物

一个小花盆大的世界，

足够小甲壳虫在那里做它的美梦。

人看到做美梦的花与小虫就发笑。

一个种有植物的楼顶，

足够一个人在其中晃悠晃悠地做着他的美梦。

星宿看到做着小梦的人和植物会不会发笑？

一个有生命的地球，

足够各色人种各色动植物济济一堂，

做他们五花八门的梦。

宇宙中万物的上帝看看星宿，

看看地球大花盆中各式各样的小花盆，

看着这些小花大花中的小生命生活的样子，

他会有一种怎样的笑容？

跳 板

> 有了屋顶，自然就有了喜欢爬那个屋顶的人，
> 爬屋顶的人不止一个两个，
> 所以免不了做点既不出格也不乏味的事，
> 事情做开去自然有故事，有语言，
> 于是我有了"语录"兴趣。

希望借助这些东西、记忆、昨天搭起一个小小跳板，
毕竟人都会慢慢变"蠢"，
人人都有从记忆中讨生活的时候，
我希望我能老得好一些哩。

生 发

　　做伸展运动的时候，

　　我每每看到云彩和云彩后的蓝色天空，

　　手掌向上伸开的那一瞬，眼睛和手忽然就有了通感，

　　很奇妙的难以言说的一种感觉。

舒展的感觉原来是这样，

植物生发的时候也是这样美妙的吧。

栉风沐雨

　　早晨的风，凉凉地来，也像一把梳，梳理你的头发，
故古人称这种梳为"栉风"。
　　栉就是梳，风为你梳理，
　　哎呀呀，真是浪漫诗情的譬喻呀！
　　栉风后还有"沐雨"两字，沐雨即以雨洗头，
　　又洗又梳，而且全是风雨侍候，
　　这是什么光景？
　　野逸、朴素、天真这样的字眼能不能形容？

梳理很舒服的，

在晨风里你用不到明月梳，可你另有两把梳，

手呀，五爪金龙梳呀，

用这两把梳轮番梳理你的头发，

迎着轻风，何等快意呀！

清 明

天气清朗，人纵多，内心还是空寂，父母在时，总以为日常聚集平常永久，无法设想那至爱我们的亲人有一天离我们而去后的空落之感。

父亲母亲，桐子发时，你们会在桐花花树之中吗？

有 胆

在城市灰麻麻的地方绿出来的植物真是
稀罕，空气在这中间泛出甜味真是珍贵，
珍贵的气味让我审美的鼻子闻到了，也
真是幸福。

要是时光倒流，我真会选择到乡下去或是到
那种现代人开发鞭长莫及的地方去居住，干
这种事要年轻，也要一种见识和清醒，还要
有胆。可惜我没这份胆子了，只能在这楼顶
种一点小清新了，今年我要努力呀！

遇

文字是可以抚摩的，

你的书写就是抚摩，眼睛也在抚摩。

写得有感觉的时候，笔和纸也有感觉，

它们留住你的笔，留住你的颜色，留住你的心思。

心思即便单纯得只有一笔或一画，

那一笔一画都是不同的，笔笔都有机遇，

而"遇"这个字真是妙不可言。

小 风

　　所有的花叶都悠悠地

　　晃呀……晃……

　　小风就是这样可爱

　　我的头发丝也晃了起来

　　小风就这样替我梳头

一人世界是过，两人、三人也是过，人多一点，鸡毛蒜皮就多一点，三人以上，就是"一地鸡毛"。

一地鸡毛的女人们，大部分有耐心去处理熨帖，有的甚至能弄成一团锦绣，艺术家去看她们，会觉得她们很可爱，天生就有艺术气质。

抛绣球

四月里，我送给朋友一本《桃花源的故事》，

她回送我一株草莓。

那时这株草莓已经在结果，果子红了，我舍不得摘，

后来竟坏在土里了。

我以为这事儿就这么完了，

可到现在它由一株又变为好些株，

发展方式好像抛绣球，

又像是在地头下跳子棋，

真是有意思。

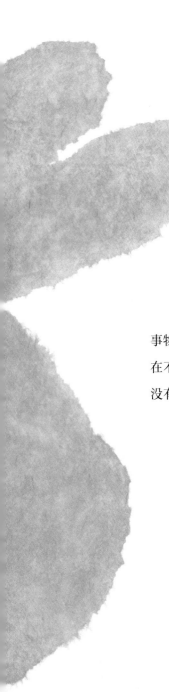

真 是

事物真是预备了各种各样的丰盛，
在不同时期，不同的条件下，会有不同的表现，
没有刻意地追求，只是自然地呈现。

这很美好，真是的。

布谷鸟

清早就有它们来叫，时不时落在
栏杆上踱步。现在它正偏过它的
头，鼓起它的腮帮子瞧我，我也
偏过头去瞧它，尽量不动身子。
瞧来瞧去，我就背下了它，背得
了它喉咙里发出的咕隆咕隆的声
音，我为什么认为它一定是去年，
去年的去年在我阳台上踱来踱去
的那只布谷鸟呢？

烟 雨

布谷鸟叫的时候，雨像烟一样。
如烟的雨没有声响，布谷鸟在雨
里穿行。它从楼下或是什么别的
地方熟门熟路地穿梭，它在做
甚？布谷吗？

脸红了

　　布谷鸟叫的时候，我家三叶梅忽
然就红了，平常年它红出叶来都
在盛夏，仿佛是红日给染的。可
是现在是谷雨天，它是布谷鸟催
红的吗？真是奇怪。它们互相认
得吗？布谷鸟认得花树、认得
路、认得人不算太奇怪，花树认得鸟、认得人，那
才奇怪！你说我胡说，那你讲给我听，三叶梅为什
么在老朋友见面时把脸红了呢？谁说草木不是有情
物呢？

心 安

布谷鸟叫的时候，

写字就像是布谷，像是插秧，像是种花。

这么想就这么写的时候，

我觉得心安。

心安的人说，谢谢你们，鸟、花、雨、三月天！

雨，慢一阵，紧一阵。

布谷鸟飞过来一路叫，雨就紧了一阵。

仿佛它翅膀下布的不是谷而是雨。

你听雨，哗——

哗过一阵歇一阵，仿佛等待什么。

在哗哗的声音中做一个雨的空子吗？

鸟在雨的空子里钻是剪刀的样子，

人在雨空子里穿行有鸟那么利索吗？

雨停歇一阵紧落一阵，

听它们布阵，我感觉雨成了帘子，

帘之外有穿行的燕子，

帘之内有听雨的人。

记忆

我坐在紫藤架下，

想寻找两年前在同一时间同一地点的感觉。

那一天，天多云间阴，微风。

那年紫藤没有剪枝，叶子很密，花们隐在绿色里做梦。

香啊，紫味的香。

悠悠的那香呢？此刻风轻。

那一刻呢？它会来吗？

紫藤花开，像花堤缺了口一样。

闪闪烁烁夹带着光斑的花在春潮中涌动着，
涌动着，向人讲它存在记忆深处的故事……

忽 地

今日等到了雨，楼上的植物来了精神，
几乎所有该开的花忽地都开了。

月季花成了花魁，枝头繁华之极，前所未见。

金银花繁茂得很。
土这么浅，明年、后年会如何？

雨后的夜空有半个月亮，红灰的云飘移着，
可以看到云移月动的青青的天。

许多许多寿眉鸟在树上跳跃鸣叫，
柚子正开花。

香

趁着柚子花开，你就围着院子走
圈圈吧，走一圈花香一圈，走两
圈你就得了两圈香，走 N 圈，你
就得了许多串起来的香了，真是
美气极了，感谢天，感谢地，感
谢光，感谢造物主。

柚子的花香，很馥郁的，三树香有一院子的香。树栽在离围
墙三米的地方，与毛竹啦、香樟啦处在一起，十年来，枝枝
相覆，叶叶相交，密不可分。香气就更浓了。墙之外是街，
是商区，早晨去买菜也闻得到隔墙送出来的柚子花的香气。
在香阵中，人的脚步也变得轻盈起来。

我看这柚子经营它的花，也是信心满满的样子，把花开得是一树一树的。虽然每年每树只能结廿来个柚子，但哪一朵花能是哪只幸运的果咧？说不准。所以只有多多地开，多多地预备。柚子皮厚，花瓣很白很厚实，香是香到你心里去的那种香。

一朵花

　　四月真好呀，

　　四月的日头好温和，好脾气呀！

　　一点也不烦，一点也不躁呀。

　　四月真舒服呀，

　　是风吹起来的舒服吧，

　　风里的好味道，

　　细细密密的是金银花和月季花的香呀。

四月真是厚道呀，

四月的雨水真是养人呀，

所有的叶子锃亮锃亮，一股一股往外流呀。

四月里独子蒜不抽薹不开花，直接就长成球子了，

四月里的红薯和芋头，等不及去土里，

只管在菜篮子里抽芽了。

四月里做霉豆腐的霉都像胡子一样的了，

四月里栽根棍棍，棍棍也会发芽。

　　　四月好养人呀，

　　　老太婆往花丛中一站，

　　　也像一朵花！

心 思

春天的心思有多慈，这你去问泥
土路，还可以去问水泥路，不过
最后还是问脚板，它们知道那个
路呀都软了软了也！

春天的心思有多细密，这你去问
毛毛雨，还可以问香樟的籽籽，
你看满地都是在大风大雨中飘落
的香樟籽，暗褐色的一层层，每
移一步都要踩着它们，像踩在松
针上一样。

一呼一吸

南窗一开，所有南面的物事靠声音和气味传递，所有的信息中只有风的气息最好，它带着雨气来，雨气之中有土气和植物的清气。

今晨坐南窗下写字看书，风送来的气息中有说不清的香气，不经心就感觉到有些微甜适，仔细去体会，它又倏地没了，凉凉地来，凉凉地去，像是风的一呼一吸。

倔 强

当我只有一盆土的时候，我爱种牵牛花，因为田舍意味最重，最热闹，最勤快。

牵牛花开过几番，我确实地知道，它的勤快也只有勤快才能配它。因为它只在清早开花，八九点钟，它的花就谢了。不能早起的人只能看蔫了的花和叶子。

当我有好些盆土，又与四邻共享一个屋顶的种植生活的时候，我对牵牛花的"随处可安家"的体会太深了。花多土少，牵牛花四处布籽，四处生根，见土就长，见枝就攀，而且子孙发达，如不计划，它就霸道，栀子花呀，茉莉花呀，全被覆盖，样子很糟糕。所以，对不住，只好拔掉。

如果是蓝牵牛，那就更是拔不完。它们有个三五日就可以发一批。大有越拔越旺之势，真是了不得，让你无法下手。当然，这是在花园里。

如果是在田舍，情形就两样，一般竹篱大都是蓬蓬草、狗尾巴草，牵牛不能霸道，开得就谦虚多了。

我们的盆中土、园中土都古老而悠久，几千年的生命种子分布在每一捧土中，储备着，等待着，你知道哪一盆土会长出一种什么样的倔强？

讲不完

　　去年不肯落的叶子，带着它们的一万
个理由见到了今年的新叶。它们大
的小的老的嫩的都很激动地在枝头上
晃，仿佛有讲不完的话……

我惹了春天了。

我的笔知纸好好香味哟！
是橙子做的好事啰。

所有的花叶都懒懒地

晃呀　　晃……

小风 就是这样可爱。

　　　　我的头发丝也晃了起来

小风就这样替我挠头。

　　　　晃得 很舒服啊！

我的书落了谁？

种子，尽未见植物根、茎、叶、花、果之全相，却是有有待发育成整株植物的一切生命信息。

人与人、人与物、人与世界的周旋，说来说去，始终是与自己周旋。与自我周旋久了，人的思维就有模式了。思维是日复一日精进，模式也便同说日复一日地是一精美起来。一种思想是一粒种子。

5　　我周旋。

夏枯球

夏枯球是何树之球果？看它变成药饵的样子，像一小松球，宝塔一样。它的籽藏在一个个小口袋一样的花房里，四五朵花围着柱子坐，每小朵花房上各有一片叶子为它遮风挡雨，一层层秩序井然。

很精致的结构。一服药里面有许多夏枯球要做奉献，我把它画出来是回报它吗？它希望有人回报吗？

　叶

　花

枯球精致的花房和叶子。我想我要画一幅画，合的画，里面要有夏枯球精致的花房和叶子。不，要一系列的干花组

041

可惜

快乐有很多大小，我喜欢用碗装。
人这个容器各有不同，或大或小，
或强或弱，要装大悲大喜，非江
河湖海之大容器不可。

我总觉肉身这东西会生出许多强
过自身强度的东西来，取之不尽
用之不竭，如涌泉如小流，汩汩
不断自然是最好，一碗一碗用，
讲究的是一个"惜"字。

挥霍浪费可惜了。

落 花

　　落红不是无情物，零落成泥更护花，这是说花之情怀之一。

落花不是落，是飞。似散花天女
撒向人间的福音。花谢不为谢时
却为谢，此谢非谢落之谢，是谢
恩之谢，花是有情有义之花，懂
得以无比美丽的笑颜报答天恩。
枝头绽放为笑，风中飞舞也是笑。人若是懂得花语，
也就懂佛祖为何拈花微笑，可惜人一般都不懂。谁
懂一点，就接着了一分美好。

模 仿

　　在砖墙上用喷壶模仿下雨，

　　墙面很乐意，一下子就把它的气味送出来，

　　我就闻到雨打干墙的气味了，

　　想念这味的时候，在室内也能制作了。

染指甲

绣球花是在五月开始做粉红粉绿的梦的。

那小小的梦做出一团团的粉绿，

做到甜起来的时候，

花的边缘，小十字花的尖尖就泛起红晕来，

好像是人家好女儿染指甲一般好看。

恋爱日

烟雨蒙蒙，天气清冷，树和树已长成一片。水泥地面也有了灰绿，边沿有裸露的红土和暗绿色的苔，也是一片连一片，湿漉漉、灰蒙蒙，是恋爱的日子吧?

一只斑鸠从树枝上斜飞下来，落在路面上散步，灰红赭红的羽毛滴水不沾。

扑棱棱，又飞来一只。这一只一定是只雄的，它一门心思跟定了前面那只雌鸟，非常诚恳地鞠躬，一个接一个地鞠，也不管背对着它的女朋友看得见还是看不见，有味极了的样子。

四月是一根碧玉簪，用来别在岁月的头上……

　　我的书本里有它们的踪迹吗？恐怕一落文字，它
们就"嗖"地飞跑了。我还是很高兴，因为我在
它们面前打开了我的本子。它们一定追逐过我的
书写，就像光斑透过树叶追逐过我的书写一样。
风也来了，它在本子上停留打旋，将春天的色彩
在洁白的纸上沁开。

我希望我的文字可以在春的晕染中成为小小的新叶。果真，文
字成为椿树上的小绿叶尖尖，那是多么可爱的文字啊，可惜我
的文字还未做到。什么时候它冒出来就像树叶往外钻一样自
然，并富有生意和独立的形态时，它才可能配得上这种期待。

你耽误了昨日的朝阳，

　　　但不要错过今晚美妙的星空

二　天真眼

多好

人要是能珍惜生命中最值得珍惜的东西，那有多好。

那样的话，起了头的点就会拖出美丽的线，然后变成面，形成斑斓的图景。

但人不同，人总是想要自己没有的东西，以为从那里可以获得宝藏。

所以进进出出，没有消停，许多应当保守的美好的东西都丢弃了，只剩下欲望和欲望驱使的躯体。

不一定

　　以假弄真的时候，有两种情形，

　　一是真多假少，就可能弄假成真。

　　问题是假的太多，真的太少，

　　所以真的此时就跟假的一锅儿烹了。

　　忒可惜了。

　　假的总是假的，它真不了。

　　真的就是真的，它也假不了。

　　真假不辨是他人的事，

　　真真假假是个人的事，

　　个人的事，人不知道天知道。

　　如是想，一通百通。

真实的与虚妄的捆绑在一起，
你以为触到真实，却发现虚妄；
你发现谎言，却捉住了真实。

真实的不一定可爱，也不一定可恨；
不一定美，也不一定是丑。

你明白这些的时候，已经是岁月沧桑，
禅宗智慧就是让你觉得善恶美丑、
天上人间只是心念的一转身之间。

本 事

裁缝鸟真是聪明，真的是和缝衣服一样将窝用柔韧的草缝得精精致致，它怎么就学到了这样大的本事?

头 脑

狡猾的乌鸦，简直是很有头脑的人。它无师自通地知道如何旋开笼子的锁，然后出门偷吃它邻居的食物，吃饱喝足了并不逃跑，而是回到它的笼子，并且自己给自己关上门，然后若无其事地飞到笼子里横着的树枝上，向它的主人要吃的。它知道烤熟了的东西好吃，并知道这事与火有关，所以它就处心积虑地找到那种没有熄掉的烟头，拿去点火，真是只"超鸦"!

美 餐

水獭吃蚌的样子更好玩，它干脆
躺在水面，在肚皮上放一石头，
双手捧蚌对着肚子上的石头一顿
敲，敲得水花四溅，然后去享受
美餐。

鹬会用它的长喙将蚌尾插入泥里，
然后用尖锐的喙撬开蚌壳吃肉，
在行极了。

负 责

花生米的皮闻起来很香，因为被油炸过。
十几只蚂蚁很负责地把皮拖走了，
拖过的地方竟然像一只巨大的草履虫的印渍。
百十只蚂蚁让那油渍给吃趴下了。
由此看，蚂蚁爱香油超过爱米饭。

寻 找

　　造物主将启示写在路上，写在林子里，也将启示写到每个人的生活中。

当我们寻他、找他的时候，启示就会从窗口吹进来，从水管里流出来，从小小的植物上长出来，从天上落下来，你感受到这些的时候，你已经有了改变，你就会发现，那种通泰的感觉忽然来临是如此美好。

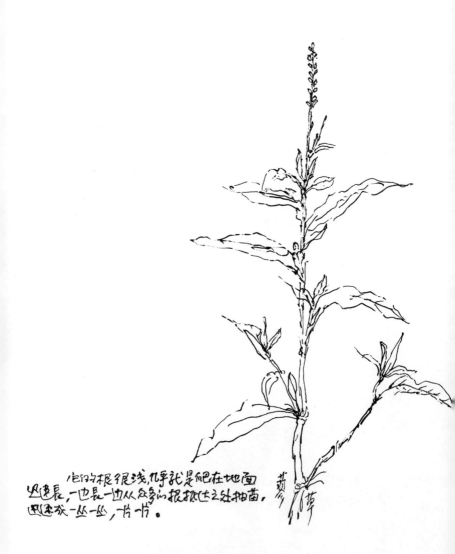

它的根很浅，几乎就是爬在地面
以速长，一边长一边从众多的根根也之处抽苗，
围来成一丛一丛，节节。

蓼草

萌新

　　石头缝子里有草钻出来
　　是时间帮了忙

　　石头尚有空子可长草
　　其他的空间更有可能滋长新事物

草的尊严只有尊严
方以感受到。

要是在秋天，他们是一遍遍地在回头地泛红过去，再泛红过去，们
习是在接连泛红仍保带的中的草。

接 光

　　早晨到楼顶看太阳。五月的太阳，称它为骄阳
是很有见地的，绯红色的云层带着少许羞涩，
肯定是太阳的缘故，特别的事物从来有这种力
量，这也是没有办法的事。

　　阳光晶晶亮亮照在我的笔记本上，照在我握着
笔的手上，文字在太阳面前也有羞涩，只愿在
它温柔的光辉中一个接一个地出来。

太阳光上了东墙，灰色的东墙有了紫晕，清风轻吹着，将太
阳的味道送过来，是我熟悉的太阳香……

早起真好，早起可以到楼顶看太阳，城市并没有完全醒来，
大楼也是，四周清静，清静中最好感受晨光。

转 身

转身看到的场景与迎面看到的是两种不同的感觉，迎面而来的是徐缓的、由远及近的感觉，转身的一刻是兀地发生，全景收入眼中，有速度而且没有思量就满脸满眼的感受。

蓦然回首，青翠满园。

雨水是太多了。每天都有雨来。在雨的空
隙中看天上的云，天上的云镶着金边。

有时雨是一坨坨地落下来。灰色的水泥路接住
它，却不留它，它们就去到沟里。

文字也学了雨的样子，一坨坨地
来，它留不留得住，要看你有不
有办法把它们请去你的心田。

雨天里撑一把伞散步，就在楼脚下去走圈
子，听雨们的议论。被它们议论的东西，
一多半是它们碰到的东西。不知道它们会
怎样批判。

撞击

携带生命胚芽的星体互相撞
击会怎样？大大小小的撞击
充满了大大小小的世界，它
们创造了万花筒一样变幻莫
测的世界，包括我们在内。

语言，那些小小的粒子在空气中振动着，它们互相认识、交
往，联合夹带着生命的胚芽播种，悄无声息。

如果你能倾听，便听得到一种思想如何大叫
一声而破土，所有的胚芽的破土都是有声有
色的，无比美丽或是无比壮观的。

我喜欢我了解到的这个小小的事实，我从
心灵深处发出对造物的赞美，一切皆有规
律，栽种有时，收获有时，苦乐有时……

我在小小的楼顶花园深深地赞美奇妙
的撞击产生的奇妙的生命！

小朋友

我的画室现在真是美气。

落地门挡光，干脆撤掉，阳台直接
与画室打通，植物就围过来了，就
像一群小朋友一样济济一堂，我读
书写字画画就有它们作伴了。

窗格将绿色植物分割成一些大大小小的画面，本身就很有趣，这当儿三叶梅的垂枝就从画面左上角伸进画面来，在风里变换着它的姿势，与门这面的银边吊兰、墨绿的竹叶兰、直着的仙人柱、黄金葛叶子构成匀称安静的形状，成了妙不可言的对比。

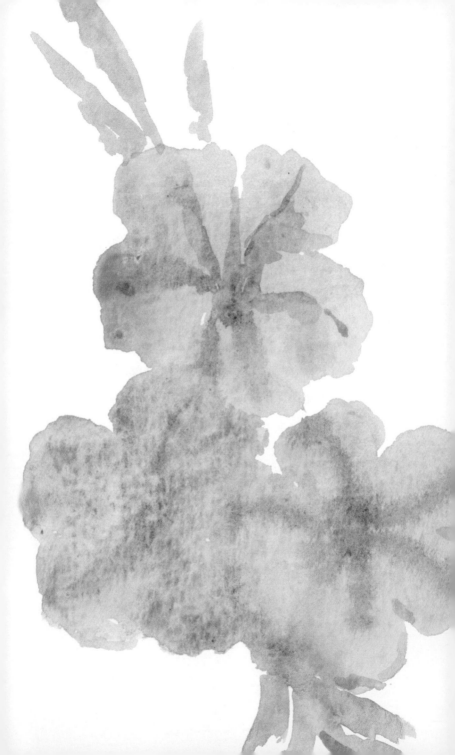

奇怪

南阳台日照时间长，紫色的牵牛在夏天里爬上
灼热的铁栏杆，开出了大而艳丽的花，红色的
羽叶茑萝，深红大红地跟它开着，书上说它
"晨开午敛"。我种的牵牛花在它高兴的时候，
一直开到傍晚，这真奇怪！

奇怪的事还不止牵牛，那株白色的月季开出了重瓣和单瓣两
种花，我是第一次看见。造物神奇，不可思议地将一株花的
颜色染出丰富的色调变化，你只能感觉却不能用文字介绍。
对，就是这样让人觉得生命的多姿多变远非文字所能描绘和
形容，让我们珍惜造物主的美意。

龅牙

去年，有两个洋葱头忘了吃，发起芽来了。我想，应当圆它们的梦，就把它们做花种在月季花下。春天来了，它们发出的葱管比去年的要粗壮一倍，并从它的顶端结出碧桃一样的苞子来。今天不留神望它一眼，看到苞子里露出小米粒一样密集的粉绿的籽来，咧开嘴似的傻笑。我第一次看到洋葱头也会笑，不禁也笑，我笑起来当然不如它好看，尽管我也有一粒龅牙齿。

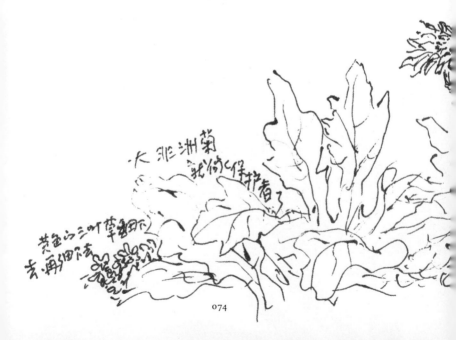

它今年的第一朵花
如淡紫灰，花纹青莲色相
与从前种的粉玫红色的
牵牛比，小了许多！

你不安排，自然的自有安排……

无有尽时

信息的流动如同自然的流动事物
一样集散，也是形成有时，流动
有时，聚合有时，流转有时。

初始，所有消息是细微的，可以起于自然的某一处，
青蘋之末也好，空穴空谷也好，只要有起点，就有
起势，就会聚合，然后在力的作用下流动。

高天滚滚寒流急，大地就会有微
微暖气吹拂，然后有气象，然后
有气候，春夏秋冬，无有尽时。

无有尽时，世间万物亦应运而生，
成为洋洋大观。

生命的气息是大自然的气息。
生命周而复始，无有尽时。

成双

偶然摘得茉莉小枝，枝已无花，
只闻叶梗气息，觉得仍然有花的
清香，放在嘴里一嚼却是苦的。

又摘来小月季叶放进嘴来嚼，发
现是涩的，苦味次于茉莉。

这蔷薇花和茉莉花的干花用来泡
茶，微甜，香气也较鲜花沉着，
不料这品行是苦涩中来的。

涩苦到一定程度就要转换成甜，
植物和人都是一样的，造物的安
排精致合理，领会事物本质进而
领受造物的妙意，人的生命会出
现什么样的变化呢？起码眼光会
变，审美态度也会变。

世间的苦乐都是成双成对地来的，
这真是奇妙的事。

见 证

记忆纯粹而珍贵，像天上的云朵，飘忽的云彩。

记忆像温柔的风，轻轻地吹，吹开这洁白的书页，然后一行行的字，竟然像季鸟一样寻觅着。它们认识路，并且不可思议地组合成一行行，来到它们集居的地方，给明天的记忆筑巢。

云朵一样洁白的纸上，我们书写，为纯粹，为我所遇之美好作小小的见证。

我真是爱文字如此着落，
我祈愿它们携带的生命气息，
新鲜健康的生命气息，
从云朵一样洁白的地方，
降临脚下的土地。

好

有阳光的时候，光从西头来，西向而垂的藤条变得透明，藤条剪影仿佛写出一个歪歪斜斜、天真烂熳的"好"字。

有阳光的时候，还可以移案至凌霄花下，春天的叶子盛密但不严实，光影点点斑斑跑到我的桌面上来。在我摊开的笔记上追逐我的书写，我总是被它们逗得也顽皮起来。

阴天，雨后乍晴不晴，有风轻轻地吹。栀子花树旁，正是花好叶嫩时节，特别好闻的香气袅袅地和凉风一起过来，轻拂我的脸，撩开我的额发，我一下子就年轻了十岁一样，心里有甜蜜。

无花果旁有我的金银花，银花渐渐变成金花，清爽松快，好似理过头发，须根上露出短短的发茬。

这边还有我的椿树，春上长的嫩椿叶被我摘了尝鲜，后来的新枝一日千里地长，似乎一钻出来就赶紧老到不合你摘来吃，现在它一点也不担心它的叶子被人吃的事了。

气 息

有了花的时光，是有色有香的时光，活色生香的时光。一年四季的花如艺术家的作品一样，将时间染上了不同的色调。

一年四季不仅有了色调的韵致，而且有了独特的气息。气息也是有韵律的，人感觉到它，就得到了它的韵致。

仰望感受能量

阳光好香呀，

我好奢华呀！

都坐了上午了，

……还舍不得下楼去

我陪着花 —— 一起开，

我闻各种各样植物的清香，每种
植物都有自己的香，特别是有花
的植物。每一种香都很独特，你
感觉它们的亲近和拥抱；每一种
花木都让我有一种只有它们才能
唤醒的清新的幸福感。我呼吸着，
我知道我在呼吸；我触摸，我知
道我在触摸。

我触到了什么呢？我触到我生命
中的此刻，此刻那样完整美好，
我坐在花树下，我知道我正坐在
花树下。生命应当有知道，知
"道"是很高深的，花的道、叶的
道就藏在它们的香气里，你只能
感知。

我的字有花香，是幻觉吧……　幻觉的也好哇！

五月

我坐在屋顶凌霄花木架下看一份报纸，五月里绣球花团团地开，蔷薇的藤蔓沿着屋檐的"墙"垂下去，花朵团团地缀在蓬蓬绿着的枝条上，真是新嫁娘一样的华美哟！

五月里的报纸管不住那些大大小小的铅字了，它们发了桃花癫、蔷薇癫、凌霄癫，它们飞扬起来，风立刻成就了它们，送它们去各自想去的地方，做一粒种子。

眼

看来人有许多的眼，

天真眼、老花眼、近视眼、科学眼、文学眼、愚人眼、

鬼眼、贼眼、势利眼、黑白眼、色眼……

你用什么眼去看，你的笔就画出什么样的东西，

手是很忠实于心眼肉眼的。

我看这么多眼，还是天真眼最好。

人到老了，求得天真，那是多么幸福！

白露一来，露水就来，露重天也就由凉转冷。不过时令也有了变化，气温全球变暖，夏天就抢了秋天，秋天就抢冬天，雨水不来，我的花全靠人来浇灌，浇灌如何能与天公降雨去比呢？只要天降甘露，人造的水是不及万一的。人的施为只能让植物维系存活的最低标准。而天的作为，才会让草木获得真正的生气。

今天天上掉了几滴雨来，会不会再多来一点咧？

追 随

幸福是一种陪伴，
与美好的相伴。

幸福是一种追随，
对美好的追随。

高　手

白云悠悠地飘，

悠悠地，

不知飘到哪里去了。

时间也是悠悠地来，悠悠地走。

走了的时间，

到底也无法看见它是如何之悠悠的，

我们看悠悠，看出时间的把戏，它是跟脚高手。

白云的悠悠和时间的悠悠合二为一了。

明明

　　明明有数不清的事要一一去做却不做，

　　跑到楼顶去守着那些红红绿绿的植物，

　　且一坐就是几个钟头舍不得起身。

　　我抬头看花，发现花也在看我……

　　蜂也在看花，不知道它是否同时也看到了我？

　　蜂的黄色和黑色也很好看，

　　我扬起头来看花，花低头看我，

　　两个角度都很有趣。

和植物朝夕相处的时候，

空 隙

　　雨与雨之间有个空隙，今天正好是这空隙的第一天。

我的花草在雨天没人陪，冒雨去看一看的，只有种
花的人。所以今天有心去陪一陪。楼顶月季盛开，
蔷薇初绽，重瓣牵牛的苗已爬上了竹竿。

　　这的花草有人陪，开得格外好，这是我的心情，其
　　实没人陪，想想这里长的，就是一真正的"闲"字。

人总就觉得是置身 宇宙

"闲"字本来的样子不是很得意味吗？闲门推出一
轮月亮，哪有比这"閒"更闲？谁改成"闲"的呢？
想必是喜欢花木的人，或是种花人吧？

热

伏天是什么天？伏天就是伏着懒得动的天。初伏初
伏，中伏中伏，末伏就是尾声。大热天，万物宜伏
不宜动，连花木都缩小了一圈，月季花偶尔红出一
朵，那也是不得已的小可怜的一朵。

谁不怕热？苋菜不怕热，六月
苋，对着太阳拍热水，苋菜味道
好如镦鸡。伏天熟透了的无花果
颜色紫黑，剥开一只裂了口子的
一看，有只金龟子，再剥开一点，里头竟然接连躲着正享受
丰腴的还有一对。多大的无花果？就是大拇指与中指那么一
掐大，真是见所未见。熟透了的无花果有好几多，为什么要
挤在一堆？好扎堆吗？

内里

随便找个阴凉的地方坐下来就好。蝉就在密密匝匝的地方鸣叫，那种声音将日光投在山林里的影子拉得长长的。时间每分每秒的长度只能用蝉鸣唱的时间来感觉。蝉鸣有间歇有停顿，这种间歇和停顿只是在树木不多的环境中被感觉到，在此间它们简直是一遍一遍、一浪一浪推过来，并将持续下去，有永不止歇的态势。溪流的声音在谷底喧腾，但很低很厚很沉，这种交响很有趣。更让人陶醉的是植物的气息，你用"香"字来形容很俗气。

"香"字原本有趣："禾"下一个"日"字，指日头下的禾稻气息，加上花就会意花气。这里的气息是大山植被混合的气息，杉树的气息最为突出。它总是让人想起从前，来处是时间的内里……

真的

感觉这种东西，是从心灵敏锐感
知事物的能力而来的。一个有机
体对客观事物的感觉愈是敏锐，
可以说这个有机体就愈高级。人的感觉有天赋的成分，也有
后天修为的结果，感觉有时靠不住，只有对客观事物有了深
刻的认识，才能使人更强烈地感觉它，这是真的。

独 处

独处的时光是一种孕育的时光。种子发出芽来，心
内开出一朵花，是寂静中的美，静中有动的美，是
一种深沉的、温情洋溢的美。没有比种子萌发、花
蕾绽放更动人的静美了。

独处的时光是耕耘的时光。所有的旧知都在孕育它
们的种子，只有心灵的光照到它们的时候，它们才
会醒来。我们在静穆中祈求：光
来！光，真的来了，它神奇的力
量催生了美好，整个人就变成了
美好，这时光很美妙。

光 斑

宇宙间的时间是无法想象的光的
时间，光的时间以光年计，一切
生命在光的面前都是一种光斑的
存在。

也

我家最光亮的地方都让给了花木，

我的花木把最好的光亮都给了我，

我喜欢它们，

它们也喜欢我吧?

加 好

赤着脚的时候真好，

赤着脚感受青苔之下的大地是"好上加好"。

雨　味

　　雨有香味，这么多花木陪它，不香不行吧……

　　一只蜂在雨中工作，它此刻正钻进凌霄花里，

　　凌霄花实在并不香，但是它怎么看怎么香。

雨　打

橘红色的凌霄花落了一地。

地是瓷砖铺就，现时积水，落在上面的花有了影子。

雨打在地上，打在落花四周，溅起白色的跳珠。

褶 皱

你以为你知道某一处虫洞的意义，每一种
转折，每一次曲中求直，其实没法明白。
树的记忆也有许多秘而不宣的、无法宣泄
的隐在各式各样的褶皱里。

它很温和老实，但是不肯妥协地长成自己
的样子，有脾气有性格，很优雅，野逸的
优雅，很广阔，很快乐，因为沉着。

简 朴

简古是一种大好，古人所以能简，因为最初的字是以刀伐笔凿出来的，不能不简。

简朴也是大好，因为彼时生存环境素朴，人素朴，做的事就具真朴之气。现代人在这事上不可企及。

不 分

一个人将自己的感觉放到和楼顶一样大，
人的气息和植物的气息息息相通，佛桑
呀，茉莉呀，提前兴奋、早早在初伏就
盛开的菊花呀，还有我喜爱的迷迭香和
薰衣草们啦，朝颜和石榴啦，日日红与
凌霄啦，美得令人叹息的莲花啦，还有
还有……数不过来的植物们一同在风中
摇曳，享受这好时光。

它们似将各自的感觉放大放大，以致不分彼此，好风一来，
全体就不分彼此，这种感觉真是好。

明天也会这样好吗？

散 花

　　楼顶依墙而栽的月季花瓣飘落，

　　仿佛是自天而落，

　　天女散花就是这样的吧。

随人

屋顶栽树，盆中种花，都是无奈的事。

人喜欢自然，草木更是离不开自然，但人离自然越来越远的今日，供养假花也成了一种安慰，楼顶种花的事，盆土养植的人就变成了自然。

由此看来，自然而然与自由自适都随了人意了。

痴 树

　　有只寿眉鸟在枝头说了几句"你吃了吗？""还
没呢，您呢？"一类的话，就兀地飞走了。剩下
痴树还在激动，枝子不断地晃悠。

心灵与心灵之间

……

三　美气

绣球在五月里红起来。

红的过程很好看，它不是一下子红的，而是从边沿开始，很小心很小心一点点染红，这样一来，我就看到那种灰红粉绿相间的丰富而精致的好处。它似乎一天红上一圈，从十字形的花瓣尖尖开始，好像女子染红指甲那样子，实在是好看，好过看她大红大紫。大红大紫起来就离花谢差不多了，也就是绿肥红瘦时分，真正的夏天也就来了。

也有晚开的花，花由粉绿变红变紫变枯的种种形态在一株树上展示着，树的色调浓重而丰富，紫的消失在红色的新生的衬托下，不再颓唐，变得另有新意。

我喜欢新意。

清 醒

　　爬墙虎得一盆土也能活，当它在墙面占得
　　一定地盘，你不必诧异它根部的土与它的
　　枝蔓如何地不相称，因为每片小叶子底下
　　都有小小的如同壁虎一样的爪子，既用来
　　攀登，也用来吸收养分。

人也有刺，也有爪子，除了一般功能，
也有防备、攻击的功能，还有如同植
物一样吸收和排泄的功能，特别是用
毛孔吸气呼气的本事，我们察觉不到。

凌霄花下，地面绿了，地面是水泥上镶嵌着鹅卵石的地面，那卵石的缝隙里有灰细灰细的苔。苔的颜色被水泥和坚土调成了橄榄灰绿的色调，爬墙藤的绿色小花瓣雨点一样落下来，灰绿之间有了清醒的味道。

真是的，那一天清早真是一个难忘的清早，我
在雨后的空气中闻到一种异香，举目四望，栀
子花谢了，白兰和茉莉，我又没有，眼目中只
有苦瓜花盛，迎春花一样的颜面，远过栀子茉
莉的气色。真正是它的气色。

许多的事都是"如果，如果"一路齐伴来的。如果
我们没拥有一个盆子一样的屋顶可以种植，如果我
本人没有种植的爱好和经验，如果我不是有早起的
习惯，如果我不喜欢苦瓜，唉，我差一点就没可能
存那份单纯的心思去闻苦瓜花香。

小可爱

　　小池子里注着一泓碧水，小可爱的睡莲叶子浮在上面，一块太湖石上长着菖蒲，乱七八糟地长出了一些杂草，开着零星色小花。

水龙头模仿山泉，当它被拧开，池中大大小小几十条金鲤箭一样冲向水源，摇头摆尾，样子非常快活。

财路

苦瓜入夏以来改变了生活态度，它已不满意用心思
结出像模像样的瓜，胡乱让袖珍小瓜挂满一木架。
苦瓜一多生，营养就不好，小苦瓜一个个歪头扁脑，
存心对人说，我看你来摘，我看你来摘！

丝瓜唱着对台戏，它占的地方又肥又润，叶子像铺
盖，白胖白胖的丝瓜不像丝瓜，倒像一头头猪崽仔，
摘了可惜，不摘又嫌它堵了别个的财路子，也是不
知如何是好。

花花公子

一只白头翁停在电梯房的屋顶墙
沿上叫，不知它说的是什么，只
看见它白肚皮一动一动。好久没
见，不知道它在哪个地方落脚，是不是做了丈夫？
或者它们仍然毫不想负什么责任，干脆做着花花
公子。

美气

空气很好，可以用新鲜来形容了。

因为有许多花开了，那些金银花、香月季和栀子花的香气一层层被雨后的风掀开，你只管闻。

在这里摆上桌子看书写字最美气。

丰子恺先生有"小桌呼朋三面坐，留将一面与梅花"，我则以植物为友团团坐。

本 事

藤条茉莉，春上开花，秋天又开了。

科斯蔓斯，原来就是波斯菊。

花石榴，结有果实，但我从来没有种过它的籽。

但它仿佛有法子，在不同的地方，

甚至在花盆里忽然就有了好几株石榴苗子。

日日红和凤仙花更聪敏，

随便就让花到处开，

真有本事！

从蕨草盆里，从兰草丛中，从丹顶红的小间隙
中钻出了许多小野藤，它们一齐在这楼顶爽快
的风与泼辣的阳光中苏醒过来，它们发现时光
与春五月相仿，于是放肆长，比任何藤的生长
速度都快捷而壮实地长。这是乡间的攀岩高手，

记得它的花是紫色的，我决计让它长好已经是
八月底的时候，小小的花盆全满满当当的了，
又有几株小野藤冒了出来，小而可怜地长，终
于在九月里蓝牵牛的喇叭声中，它们开出了紫
红与粉白的花。花很像一盏小杯子，开口处像
小小孩的帽檐褶子，温柔地哈哈笑，又多又好，
最浪漫地将枝条柔韧地甩过来，然后总会在适
当的时候优雅地相互绕起来，以比牵牛花攀缘
的姿势漂亮若干倍的方式爬满了栏杆。

我真是喜欢它，明年定然栽培到我的南北两个阳台
上来。还有那种小可爱的东西，也请它来爬栏杆！

秋气已动，茑萝和喇叭花藤已开始枯黄，一个夏天
都在挣命，现在是很累，没想到近中秋，老藤上忽
又抽出新条，之后又是花蕾，花蕾比夏天来得小，
因为新条细，然那花的颜色却非常艳，是一种桃红
向玫红色过渡的那种色。

五角星的花同牵牛花一样繁。同夜间的星星
一样长有五个角，它长得细小，但颜色红得
像八九点钟的太阳。也许，是模仿朝阳的色
彩长成这个样子的吧。

草丛里有秋虫在唱。

不知道它清早的歌词与夜晚有什么样子的不同。听不懂秋虫的歌词也无妨，音乐本就是这样表达的，秋虫的音乐让清早的色调变成了银红。

旁若无人

海栀子花丛中，一北一南各开有一朵小白花。

很想闻闻它，温习一下春天，于是对它吹着气，因为花蕊里会有灰细灰细的虫子捷足先登。不一会它们四下逃离，我把鼻子凑了上去，真是好香，怪不得有那么多小虫子喜欢，在那里把它们的肚子吸得鼓鼓的，家族繁荣昌盛的样子。吹出去的气是大风，小虫子都兀地飞了，栀子花就开在我的鼻子下了。

千百年来，它就是旁若无人地开的，此刻与千年都是一笑而开，它的开放使当下有了无限的意义。

朝 颜

> 牵牛花在日本的名字叫朝颜，
> 非常美丽而清新的名字。
> 只因花枝每日清晨有最清丽的绽放，
> 得了朝阳的颜色。

接 班

蜀葵和一园的月季花斗起艳来，噼里啪啦地把花一直开到顶，新鲜的是从根部又发出蓬蓬的叶子，好像第二梯队的，准备着头一轮花开过就来接班。

乘 风

　　风信子的名字有一种动感，它使人想到蒲
　　公英乘风而来的样子。

　　风的信使们长成抱成一团的样子，主秆粗
　　壮，雄赳赳气昂昂，香气四溢，这使风有
　　了香气，一种特殊味道的香气。

没心没肺

　　海栀子花开得乱七八糟，香也香得一塌糊涂，
　　没心没肺大敞四开。

隐 者

栀子花有一位隐者，我发现它开在邻居家的木花盆后面，花开得像木芙蓉，团团的，比寻常的栀子花大一倍。香气比较含蓄。最好的是花苞，那个碧色，就有玉的质感。

小叶栀子样子可怜，朝阳的枝子叶黄叶小、无花无苞，背阴的枝头花白花多，香气袭人。一树之间竟有这种区别，难道那主管养分输送的根系也分几等心思不成？

稀有

郁金香的名字得了一个香字，但是并不香，说"香"这个字时，一般是说那种流溢的很容易被感觉到的芬芳，这种芬芳郁金香却没有，把鼻子凑过去闻，闻到一种清气，你不能说这气不是香气，所有植物都有独特的气息，都比人散发的气息要好，散发芬芳的人简直稀有。

在人的行为张狂的岁月，月令也变得不可一世地疯狂。三月小雨没有踪影，清明就少了清气，日头也搞不清为什么那样晒，气温一下高到30度，一树紫藤花一天就让日头灼成干花。它一冬的经营，一春的努力，全在一天之间做成一树紫红的标本。

你看你看

　　月季花不顾一切长成了树一样的花树，
　　千百朵千百朵地开它一个轰轰烈烈，
　　红枳木只好做垫背，一任那些花儿朵
　　儿趴在它头上快活。

最"海"的是芳香天竺葵，不管
三七二十一地霸土，推推搡搡，邻近
的凤仙花被挤得透不过气来，那株迷
迭香被它挤出花坛，流落到外头去了，
你看，你看！

从早到晚

喇叭花开了，常年种它，它只在早晨吹它的喇叭，吹到九十点就收工。今年要珊珊买来牵牛花籽若干，说是重瓣牵牛。喜滋滋地种出来，蓝的蓝，红的红，紫的紫，大的大，细的细，都是寻常牵牛，哪里是重瓣？上当！

上当是上当，区别也还是有区别。最大的区别在那红牵牛上，它的喇叭从早吹到晚，这就不寻常！也算是值得吧。

姿 态

　　特别喜欢扁豆花枝的姿态，

　　就这样横空出世，朝向很分明，很坚持。

藤本的枝条、叶子非常明白这种坚持，

一齐支撑着它特别的态势。

　　花骨朵中，扁豆粉绿中泛着紫红的晕。

　　哎，一起来吧，所有的花和叶，向太阳，向太阳!

寂 寞

　　　　每一组小花都拥有一颗颗做着梦一样的蕊，

　　　　颜色与形态与母株暗相呼应。

柏德夫人也是这样的品质，

像这样的集中体现枝株花叶的本质特征的植物不知有多少?

绣球与柏德夫人是我们见得多的花，

可我们并不了解它们。

　　　　从这一层去看，

　　　　寂寞的确是生命拥有的共同的东西。

黄昏的时候出去，在院子里就可以看许
多老人家。老人，含有老熟人和老了的
不熟的人。

看老熟的人，心中有安稳的感觉，因为
老熟之中有康泰。

人都要老，看到许久不见，一下又遇见的熟人，就容易感
慨，人好像是一点点老的，又好像是一瞬间就老了的。时
间开起玩笑来，真是不思量的随便，随随便便，几十年的
时间就在朝夕之间。

洞见

事物只有在平淡中去求，才能接
近真实，洞见真实。

"洞见"一词很形象，洞是一种虚
怀，虚处和实处对比强烈。洞内
安宁静寂，以观天色，以观外物，
诸般才可见到明白。

最野性的两株月季，是我亲家从乡下
"引渡"来的枝条插活的。当年，女儿
初嫁时，我和家人去乡下，看到亲家屋
场夹道的月季竟如篱笆墙一样，花形、
花色、花香俱佳，就有意在楼顶栽它，
十三年过去，两株月季一东一西，长得
大树一样，放肆地将枝叶向四周倾泻，
一年四季，花香不断。

四季中，以春日与深秋两季最为壮观。风来雨来，靠外
墙处，落红在空中翻飞如同蝶阵，旋出它们独有的舞步。
每逢此景，心中就有祝祷，望所有美丽的花瓣都有绿叶
或干净之处承接，若落在楼下行人身上，那人会幸福地
看天……

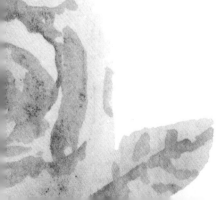

铺 张

月季花瓣落下来，地面一层一层
厚厚的玫瑰红，非常之铺张。

       茶花的坠落，它竟然是抱作一团，
       一朵一朵地掉下来，不散。

拥抱

九重葛洋红色的花瓣一簇簇垂下来，垂到朱顶红的叶冠上，朱顶红已在四月里开过了一对一对的红花，所以它特别优美地拥抱了九重葛的花，仿佛那些花本来就是它的孩子。

酣畅

金银花喜欢齐伴，它不兴一朵一朵地开，它一开就是一树一树地开，开它一个酣畅淋漓！

德 性

凌霄没有太多毛毛须须的根，它的根和它的茎藤一样粗壮而有力，扎地很深，走得同它的藤一样远。它是要攀附才能活的，所以人不喜欢它这副德性。作为植物，它们的生存本事都有得一拼。凌霄肯定要缠绕的，被它缠上可不是什么好事。

叹 息

　　紫荆花谢了的时候颜色比盛开更特别，特
别在它有一种色系的微妙变化。灰红、灰
红偏粉蓝、粉紫灰，花蒂的绿也是灰灰的，
偏冷下去的渐变，拾掇起各种落花，摆在
白瓷盆或是青灰的瓷盆里，颜色和形态，
说不出的美丽，美丽到人要叹息。

碰碰香

卖花人说，这种花叫碰碰香。意思是不碰它是不香的。

我伸过手去碰碰它，把手放鼻子下一闻，果然。香草我最喜欢，接下来去闻闻这草，一闻就喜欢。它是可以用来醒脑的咧。

碰碰香，我不相信这是它的本名，倒像是花商根据它的特征另外冠的。碰碰香像一个很精致的玉簪子，说它像玉簪，是因为它的叶片厚实多肉，颜色又像玉般晶莹，虽然表面有小小一层茸毛，像没有开过脸的苗女。噫，小苗女！

很多事情好像也是这样的。你不碰它，它没什么味道；你一碰它，才知道它的芬芳。比方为儿童的事，你有缘碰碰他，进而保护他，并且一心栽培，他们就会散发出不同的芬芳。所有的香草都有芬芳，只是它们不会很招惹，没有艳丽的花的植物，叶子就有比花还要好的香味。

折耳根有香，薄荷有香，薰衣草、驱蚊草、天竺葵、迷迭香、鼠尾草，那就更不必说了。可爱的香草们全是一碰就散发香味的碰碰香。

了不起

> 树木被砍伐之后，据说生命并没
> 有结束，只要它没有腐朽。

花咧？能制成干花的花咧？它们也是活着的吧。干花的颜色很丰富，基本色调保持不变，有理由认为它们活着。有形有色就有表情，有表情就证明活着。

2002 年从云南捧回来的荷花，干了以后变成赤红色，一瓣花也不掉，真是了不起。

转折

告诉你好了，我不是一朵花，我是一
个群体，十字花科群体创作的作品，
团得有个样子，叫绣球我愿意！

绣球花喜水，喜欢半阴半阳的生长环境，繁殖方法是插枝，
容易存活。偶尔折枝插在玻璃杯里，它不仅发了根，而且长
了不少新叶，最意外的是没在水中的部分，叶子绿莹莹地长，
它喜欢水到这种境界，是我怎么也料不到的。

红绣球开花的初始阶段，其色调是葵绿色的，蕊是玉绿色的。转红的时候，先从花瓣的尖端开始，胭脂一样晕染开，迷死人。整株团团地次第开几十朵，花将谢时，像贵妃醉酒一样，让人心动神摇。

花从打苞、开放、收敛有个转折。不是每一朵花都能把握好转折。转折处可见平常，转折处可见惊讶。

村 姑

她俗称三叶梅，属十字花科，因枝干有
刺，花似杜鹃，又叫她刺杜鹃，在特定
的情形下开花。花其实是三片叶子组成，
还带着花蕊，有玫红、洋红、紫红的几
种，人们称呼她的时候像称呼一位村姑。

她果真是位村姑，长相明媚，情感坦白
炽烈，刚好与南风相配。我想，她是爱
死了南风的，爱到死去活来。

有什么风比八月的熏风更酷热的？这位居高临下的情人，谁都知道他的热情足够使他的仰慕者焦头烂额，谁想有八月里约会的危险？刚好，村姑不怕。她有本事不怕，她有许多办法找到水源滋润她的枝条，即便生活在盆子中，盆子与地面之间还隔着木板，她也能感受木板之下的水汽。南风有的是这种水汽，花费起来一点也不吝啬。

安 排

　　有事没事都要往楼上跑，一点点一点
　　点去看植物如何安排它们的时光，一
　　切是那样有序，那样从容，那样积极，
　　那样令人惊讶！

最奇妙的是这株月季，从乡下移来时是根插活的枝条，
十年下来它硬是把自己变成了一棵极大的树，它大的树
冠有墙依靠，如果没有矮墙它会怎样？在乡下，它是长
成了一道篱笆墙的。

喧腾腾

楼顶静悄悄，讲的是没什么人来
看花。但花园里总是喧腾腾，有
几十种居民，包括昆虫们和做客
的鸟，没谁闲着，怎能不喧腾？

慢些子摇

枯叶不屈地挂在树梢枝头，并不觉得怎么，
但风催叶落之后，看一地叶子，却心中震撼。

一片叶子，一种时间，岁华摇落，不免又劝
风慢些子摇，雨也均一点子落。

要那些红叶黄叶都变成一个个的字留在我的
本子里。谢谢你们，去年的叶子，去年的时
光！我只是不知道如何留得住那些美好。

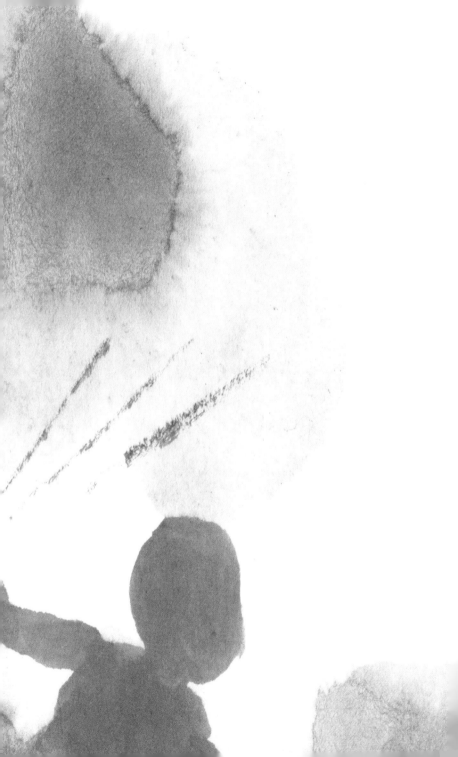

冠冕

秋天很长，很暖和，石榴不断开花、坐果。牵牛花种了两季，月季花在小阳春的氛围里开了一片又一片。凤仙花更是不得了，也是开了两季。

推想人的事情，会不会有自然界的十月小阳春？也许会有的吧，果然的话，重开如花的日子不是更可以期待的吗？

十月里小阳春，日出一天一种景致，一天一种位置，一天一新，远处的灰色的楼房一栋栋就做了太阳南移的标识，太阳的冠冕会轮流朝南给每栋楼一种特殊的机会戴在头上，那情景真是让人感到荣耀。

蜀 葵

我真要为这株蜀葵写上几句，因为事情不仅特别而且有点怪，怪到我不能不生出一种敬畏。它不是一株普通的蜀葵，是整院里从五月将花一直开到十一月还在努力打苞的唯一的一株蜀葵。

五月里，那么多蜀葵缤纷地开，开过后的枯干全部剪枝齐根，以便让老蔸发明年的枝。剪至此株，发现绿绿地还在打着小苞，于是留下来让它开花。却不料它竟很感激似的，弱小的枝干不断有花苞，白色的花在秋阳里分外尊贵。

生命多么奇妙，感谢造物主安排这种场景让我看到，并体味到存在的奥妙。

差异

之所以有形有色，是因为有光。你爱形和色的感觉，你就会注意光。

不同质的物体对光的感受是不会相像的。它们吸收光的一部分，不吸收的反射出来。那反射的是我们能看见的。有了光，就有了差异。

差异是美的，差异构成世界，差异有韵律感，世间的事情也有了韵律感。求同能形成单纯的韵律，求异能形成对比的韵律。所有的对比给人丰富的感觉，微妙、含蓄，明朗、直白，暖意、冷意。一切都是阳光的缘故。你感受了丰富的色彩，你就能感受世界万物闪耀的美丽。

更好

　　双喜藤几年都停滞在一种固定的样子下，
　　既不长藤，更不开花。

　　　　　　　今年的春天，叶子还没有发，开始给
　　　　　　　它打了一次药，这样子做完，也没有
　　　　　　　寄太多希望。

　　可是所谓希望真是一种你不了解的东西，
　　双喜藤的希望就是努力证明它有能力开花。
　　它做到了，它开出了我没有想到的形态和
　　风格。

　　一花五瓣，有洋杜鹃一样的红色，花瓣比杜鹃厚实。总
　　在一个地方开花，五月至七月初，那有花的地方留下
　　五六个花蒂，花谢了之后，花蒂那样红，那么精致好
　　看，我从来没有见过，红得——红得下不得地。

双喜藤有极不平常的香，很厚实，很奇妙，像
昙花的气味，但又比昙香远，门开一线，立在
风口体验，悠悠地过来，悠悠地回旋，让人
迷恋。

花就是花，我待它好，它待我更好。

找到了童年
就找到了诗

四　花一般好

枕 头

　　人的梦中会有许多不速之客

　　人老了会在梦中返回童年

　　童年安稳

　　人的老年就安稳

　　因为他有一个温暖的枕头

　　童年就是温暖的枕头

对不起

　　风口处大楼有一面整墙。爬墙藤已爬到了四楼，很漂亮很漂亮。可是被大风掀下来了。

它沮丧地说："我已经很努力了，对不起。"它已经在十年之内被掀下来三四次，每掀一次，它冲的速度越快而高度愈高，楼的墙表是瓷砖，要爬稳真是太难了。

　　我对它说："没有关系，没有关系，就当是替你剪头发，越剪越好。"但心里还是很惋惜很惋惜。要是它懂拐直角九十度的弯就好了，可是，这也太难太难。

没商量

奇怪的爬墙藤，今年早早地把叶子落光光，近些日子不上楼，待爬上楼一看，新叶子又绿了一片，与春上的叶子不一样的是，没有看到它钻出叶片尖子发红的样子，而是直接就绿了，真是"爱你没商量"的样子。

凝 固

　　干花给人的感觉是时间凝固的感觉。

一朵花的生命，直到变成干花后，仍
然唤起人对它的记忆，并且欣赏那种
固定之后的另样感受，这花就继续
在活。

不是所有的植物都能做干
花，特别是做不用任何非
自然手段制成的干花。能
干得劲道的花，只有那些
纤维质比较强劲的花。水
灵灵的花就不能制成干花。

水分多少，对于花来说只是生命形式某种阶
段的特殊需要。对水多少不一的要求使花呈
现出多种多样的形态。

横置在条桌上的两枝莲秆
很好看。为什么好看？
因为有种顾盼。

咯吱咯吱

　　　葱有大葱和小葱。

北方的葱个大，像北方人。南方葱个小，像南方人。
北方人吃葱可以生吃，像吃蒜，讲究一点，蘸上酱就大饼、
馒头，咯吱咯吱吃得欢。

南方人吃葱大多用来做配料，说葱是
"和事草"的人说不定是南方人。很多
菜的做法都离不开葱。我很喜欢葱，
大葱小葱都喜欢，大约因为祖上既有
北方人又有南方人的缘故。

我觉得，香气和味道是它取得成功的前提。
在姜丝里放上小葱花，加上生抽和香麻油，
啧啧，你就喝麦片或豆粥去吧。

"和事草""和事佬"是一种东西，草和人互换一下，是人，
就叫他"和事草"，称葱，就称它"和事佬"。

华 盖

树冠的形很多变化，但大体呈冠状。楼顶的金银花藤也学树的样子，在屋顶墙上为自己支起一个华盖，有繁茂的金银两色经营的树冠实在可以目为"华盖"。

金银花侧有七里香、罗汉松各一株，经人工修理过的样子呈半圆形，弯腰看它们的内里，发现叶子只在外部，大部分枝条并无叶子，尤其是金银花，所有去年的枝条密匝匝地、厚厚实实地织成了一个有力的巢状，为花叶作了强有力的支撑，枯枝在内，无须修理，它们自有安排。

好 味

秋葵太可爱了，

大得像蓖麻，

果实长得像辣椒，

横切出来，

是绿色的镶着珍珠一样种子的星星。

凉拌后，星星牵扯起透明的丝丝，

吃一口，又脆又滑。

荷兰豆，很精致很漂亮，豆荚上的花蒂又结实又好看，把它从豆荚上掰下来，仍然有结实的形。形如花，有六瓣，坚持着没有颓废的样子，"可惜吃了，不吃也可惜了"，这是什么说法？！

昨 日

昨日的形态是什么样子的呢?

见到了昨日的牵牛花，我只好这样问我自己。因为我见到昨日的牵牛花很小心很精致地把所有的形和色都收进了花蕊，整个形状像未开的凌霄花苞，它成功地制作了昨天，昨天它当然吹了整日的喇叭，它是一朵既有昨天也有今天的花。未来的籽也会呈现繁华，一年又一年。昨日，让今日看来如此精致，很让人惊叹!

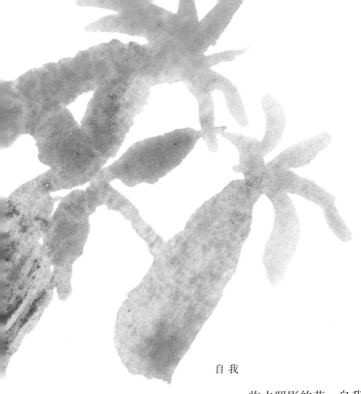

自 我

临水照影的花，自我陶醉着。

我不知道人为什么要谴责这种情况下的生命，嘲笑他们的状态是种顾影自怜。它们的本意并非以此博来别样的赞同，它本来就是这种自生自长的生命，一种无须经他者认同的生命的本意。从根本上长出来的愉悦，是最值得肯定的东西。

陶醉于生活着的自我，有什么不好？

你们啊

樟树看上去一年四季都是绿的，
它把一年新旧更替的时间放到春
天里。新叶取代旧叶，几乎让人
感觉是同时进行，并且一点也不

　　　　　喧哗，人们从它的下面走过，黄
　　　　　叶飘零，朝上一望，浓绿满冠盖。

黄金葛的藤蔓，头发一样披下来，
它的叶子们却像听了口令一般，
一齐向光看齐。

小小的虎皮兰，叶片不甚强硬，
听了光的口令，便把叶子转过身
去。一年一种口令，结果长得像
麻花卷。

旋

几片花落下去的当儿，来了一口风。

风为什么就有形了呢?

你看三叶梅在空中旋转，

脚尖不着地般旋呀旋，就旋到花枝上了。

这真奇妙，风的形让它给旋出来了，

有音乐一样的旋律。

小风这样有趣地把不肯落的
三叶梅又扶上了枝头。

倔 强

热风，我们把它称为熏风。

我的植物怕死了熏风，它一来，所有的花
都要蔫，所有的瓜都不想结，可是，它
来了——

雨，凉风，我说它们是熏风的克星，它们一来，
熏风就被收拾掉了，变成水汽了，该开花的抓
紧时间开花，想结果的一夜就把果长了一倍了。
你看那花开得哟，那果结得那个多哟，它们硬
是把熏风夺走的时间，一夜之间全部夺回来了。

生命本就是这么倔强地存在的，
　　愈是限制，愈是飞扬，哟呵，
　　赞美生命，赞美生命力！

熏风和凉风总是偕行的，或者说，只要有恶，那
反恶的善就会来临。

风

风起来了，好像从山谷里来，先有细微嘘嘘的口哨，
渐渐地尖锐地逼近，声音起伏而弯曲地在空气中拖
出线条。雨不大，点把点子地敲着玻璃，为风弄出
小小的节奏，随即被风声掩盖。

风像潮水一样了，波涛涌动着，一阵高过
一阵，哗，哗，哗，拍打着这城市，拍打
着这灰色水泥制作的丛林，这种感觉当然
没有在绿色的山林穿梭来得美妙，它经过
城市的时候，发出种种奇怪的声音。城市
造就水泥空谷，是风吹的洞箫。

风的洞箫只有在
高楼的上层可以
听到，一到楼
下，在所有的谷底，风声就沉没在那
里，你只能看到风掀起的藤蔓和满处
的尘土，它们是风留下的脚印。

美 意

花将它的秘密写在花蕊里，草将它的美
意写在草心里，树将它的美意记录在每
片树叶里，然后藏进它们的年轮……

云呢？星星呢？你看得懂它
们书写之外的书写吗？意会
得到声音之外的声音、形形
色色之外的形与色吗？

关联

花喜欢蓬松的土，可蜗牛也很喜欢呀！

花喜欢蜜蜂来采蜜，可蜜蜂少得只有一
两只，有一两只也不错，反正还有小虫
子来爬。比方蚂蚁就会爬来放牧它们的
"羊群"。

有什么样的树就有什么样的鸟，有什么样
的草就长什么样的虫。物物相关，事事
相生。

懂

花，喜欢懂它的人。

一株花，从古到今，从古到今讲它的故事，
它经历的天底下的事，它祖祖辈辈见过的
人和事。

古时的阳光，古时候的月亮星辰，古时候
的风和雨，古时的人送给它们的诗歌，那
些懂得它们、珍惜过它们的人。

它要是一一书写下来，一朵花就是一部书，
你打开它，看历史，看故事。

一朵花是一本书，一棵草也是。

小妖女

春夏之间有条风的走廊，从那窄走廊里穿过的还有一种风，不正东也不正南，也许是两风相逢而生的小风女，性微熏，小性子使起来气息吁吁，专好弄乱节气，节气亦如青年小子般蓬头乱发起来：你看满墙的常青藤掀掉半墙绿蔓的那个狼狈相哟，你看尊贵的九重葛一夜之间便沉不住气窜出来的新绿哟，还有平常含羞带露的玫瑰和月季，都不遮不拦地开，连薄荷、野草、水草全都为她癫狂，没有工夫害怕这癫狂过后不期而然的沮丧。啊呀，东南风，美丽得邪乎的小妖女哟，请你小心一点，再小心一点子……

风扫

　　看到楼顶上的落叶扫成一堆一堆的，不敢相信这是风干的事情。可是你还是会明白，风的确干了这事。在墙角，风扫树叶就是三角形的堆；墙边，那就扫出一道长条形树叶堆。在坪中间，风竟然把落叶堆成了一个圆圆的大饼，风行此处时，难道是走的狐步吗？若不是亲见，真不好相信。

消 息

什么样的消息是真消息？

一片绿叶、一朵花是真消息。不错，一花一叶中有时间推移的消息，一种积极的健康的消息当然是真的消息。

一叶一落一草枯是什么消息?

我看也是真消息, 枯荣一类的消息符合事物发展的规律, 都是真的消息, 没有什么情面。真消息没有褒贬正负, 没有情感特征, 情感特性和意义皆是人的认识和感觉。

知 小

知，是很动感的词，
它有求知那个"求"的意思，
所有的"知"都是探求得到的。

小，是相对"大"而言的。
所以无定小，是讲"小"是可变的。

知小很重要，
知小有生命的谦卑感和对生命的敬重感，
因为"小"涵盖的是大千世界中一切的小，
莫可穷尽，充满玄妙，你不能不敬。

知了小，小就在探求的过程中大了起来，
成了"有容"，"有容"讲的是胸襟的博大，
可容鱼跃鹰飞。

知小时正大，芥子纳于须弥；
知大时正小，海水纳于毛孔。

云知雨知

风的心思，云知；

云的心思，雨知；

雨的心思，树知；

天的心思，地知；

人的心思，天知地知。

花一般好

花感知事物的过程，和花的开放一样，徐徐展开，很奇妙。

一本书的展开，一种人生境界的打开，用花开来形容有特别的美感。佛祖拈花微笑很神秘，内容可以说很单纯，是一般人理会不到的好。我想我做的书是花的书，花一般好的书。

花中有妙意，美是一种境，加上妙是最高境界，既有意味又有美感。画花与人即是想以普通的心去参悟生存之道，是另一种拈花微笑。

今夕何夕

夜色昏暗，路灯明亮。灯下的人明亮，走入夜
色即是晦暗。有人从明亮中走进晦暗，那是人
出门去找寻明亮之外的东西；有人从晦暗中走
入明亮，这是人出门归来，是走入确切；归来
是走回自身，走回明白。

　　一代一代的人在传承，小小的人儿和老老的人
　　碰面，互相都陌生。人与人相遇只有刹那间，
　　都不知道那日何日，那夕何夕。

纹理

一株大树的纹理像山河一样壮丽沧桑，站在它一面久了，你仰望它，又发现树是庞大的体系。它的努力完全是为了支持树的世界，奇异的全然不为我知的世界。

仰看大树，像观天体星象，有无极的感觉……

清早，清冷清冷的空气在推开落地门那一刻和人打了个招呼。

鸟儿在屋檐底处和小巷中啁啁，菜市场里有人语，车子驰过，拖出潮水一样湿湿的声音。

清冷的夹着地气的风进来串门，清浊之间忽
然有了一个分界线。

不耽误

> 石头很硬，根也很硬，不一样的硬，换一
> 个角度看，根又是很柔软的，柔软到让石
> 头也软了下来。

根的本事是探问，对土地非常敏感地寻问，
它总是有本事找到营养，调动每根须根去
寻找，一点也不耽误时间。

深 味

> 根的形态比树要好看得多，树在地面阳光明媚
> 地长，根在地里不露声色地爬，树根的壮是树
> 干的倍数关系。

石头遇到树根，慢慢地变成树根的镶嵌，进一
步成为树整体的特殊结构，木石之间的姻缘，
是不是就是这样让观看者去深味的呢？

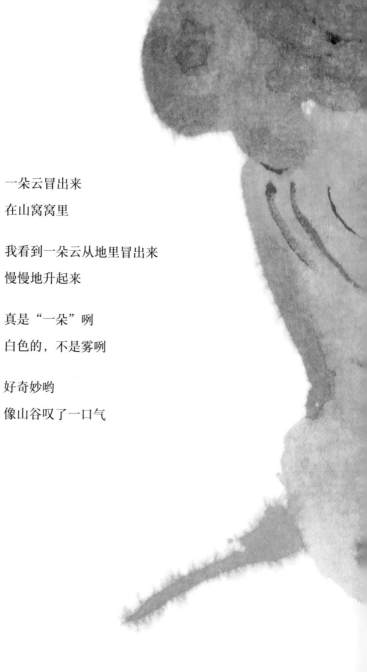

一朵

　　一朵云冒出来
　　在山窝窝里

　　我看到一朵云从地里冒出来
　　慢慢地升起来

　　真是"一朵"咧
　　白色的，不是雾咧

　　好奇妙哟
　　像山谷叹了一口气

找

也许人会疑惑，丢失了的，还能
找回来吗？

丢失的东西不一定找得回来，但我们找的是童心，
童心即是一颗真心，真心在自家腔腔里，顺来路去
找，到根本的地方去找，是可以找到的。

"找"，写出这字是容易的，但真找就有条件了，它需要功夫，心上眼上的功夫，再加上坚持。有了这种功夫，找起来会很快乐，会时不时有发现，发现自己在心不明、眼不亮的时候丢失的七零八碎其实不是七零八碎的无用之物。你会觉得所谓真心就是躲在俗人弃而不用的"无用之物"上的。

古人说："无用之用乃为大用。"有什么比找到真我更为重要的"用"呢？懂得这七零八碎事儿的秘用和妙用的人会懂我的意思。

字 籽

既是有生命信息的种子，我愿及时种植。所有的文
字携带的信息都是种子。特别是智识者赠送的文字，
每个字都是活着的一颗籽。

我种最简单的文字，在笔记本上，
更在心中。从笔记本再到心中，
或从心中移栽到笔记本上。

真 爱

　　我真是爱这种事，爱阅读的时光
和书写的时光。因为这种时光不
让你觉得等待只是空空落落式的
等待，等待，其实是创造活动的
另一种形式。不是无聊地眼巴巴
地等一辆公交车，指望那业已挤
得拍实的车载你去到你意欲抵达
的地方，不是。

我希望我自己有好的变化。我希望我的时间，植入
我的图画和文字的时光光亮起来，照见生活的路，
这样的图画和文字才能是图画和文字。

总是好

鸡鸣桑树，人家何处？

远远地听雄鸡打鸣报时。

早晨有它第一声鸣，感觉一下子回到早年，早年最精彩的是在太湖，太湖最好处是开历寺，开历寺最好处是我的桌椅和老式床。我卧在老式床上听鸡鸣桑树第一声。

是谁家的鸡在叫早呢?

它在哪一处屋顶上叫呢?

城里的鸡鸣是报早吗,

还是叫出人遥远的乡情呢?

不管如何,

有人怀念时钟报不出的时光总是好,

鸡鸣屋顶比没鸡鸣好。

人家在何处,云外一声鸡。

接福

我画《百子纳福》，"花"可以涵盖世界一切花事，花事即是人事，花面人面交相辉映的事是世界福事。

"福"字借花容月貌来仪时，凡夫俗子接她不着，但凡夫俗子之子却可以接着。因为天真最爱天真，美只爱美。

接着了福的天真幼童多咧，所以见到他们天天都如同节日一样快乐，一食一饭快乐，一举手一投足间有快乐，天晴快乐，落雨也快乐，无时无刻不快乐，日子一个个都带笑颜，唱着歌来，唱着歌去。就在这歌来歌往之中，人得了世间满满的福分变得一个个花儿朵儿一样了。

愿天下真诚生活的人得着他们应
得的福分，天赐的喜乐！

愿天下真诚真实地生活着的人们如同他们的小儿
女——所有天真的孩童一样，是人间不败的花朵！

叹 息

月亮真是变的，月亮一般的年华更是变得快。

早年十五的月亮般的人们一拨一拨做了娭毑了。

新一轮月亮挂在中天，月光一样的女儿们跳离中天，

多么美妙的一跃，这一跃让大地轻轻叹息。

奢 华

北风来吹，起于大楼朝北的豁口处。它来有速度，有路线。院里一坪的树刚好形成一个小小的林子，树叶在风来临时摇摇晃晃地迎着它，说出热闹的话。风一路转弯传着哗哗的喧闹声，同时摇落一些经冬的树叶，真是奢华得可以。

窗 外

我在冬至的清早，听窗外的雨声。

雨声与车流声混搭如潮水，冬日的雨，冷清之中仍然有微微的暖意。

冬至的早晨比昨天早来了一刻钟，日子好像长了一点儿，我真愿时间慢慢地来，慢慢地让我充分感受。

不落

我想留住这雪花飘来美好的时光，就写下这几行字，我心里好喜欢，喜欢这银色的点子飘过心头的清凉之感。每年都有大寒，但不一定有银白来装点，今年真的这样殷勤飘来的雪花，它是由一年的时光化作的纷纷扬扬的碎片吗？时间是银色的吧，字也有颜色吗？当它们对应着某种事物的当儿，肯定就着了那事物的颜色的。

文字写在白色的纸上，如同印在雪花上，我想
每一朵雪花上的故事是万千神秘的存在，有多
少文字被人读到？

雪花飘过了，

而桂花还没有落下去的意思。

图书在版编目数据

人间任天真 / 蔡皋著 . -- 长沙：湖南文艺出版社，
2024.4 (2024.7 重印)
ISBN 978-7-5726-1429-3

Ⅰ. ①人… Ⅱ. ①蔡… Ⅲ. ①散文集－中国－当代
Ⅳ. ① I267

中国国家版本馆 CIP 数据核字 (2023) 第 184270 号

人间任天真
RENJIAN REN TIANZHEN

作　　者：蔡　皋

出 版 人：陈新文

监　　制：谭菁菁

责任编辑：吕苗莉　匡杨乐　谢朗宁

封面插图：蔡　皋

内页插图：蔡　皋

书籍设计：肖睿子

出版发行：湖南文艺出版社
　　　　　（湖南省长沙市雨花区东二环一段 508 号 邮编：410014）

印　　刷：长沙新湘诚印刷有限公司

经　　销：湖南省新华书店

开　　本：880mm × 1230mm　1/32

字　　数：70 千字

印　　张：8.25

版　　次：2024 年 4 月第 1 版

印　　次：2024 年 7 月第 2 次印刷

书　　号：ISBN 978-7-5726-1429-3

定　　价：88.00 元